诙写家族

微型诗集

刘和旭 著

长江出版传媒 | 长江文艺出版社

光 年 文 化
出 品

太　阳

那　是　瓶　盖

　　　　启　开

把　诗　倒　出　来

自 序

　　用三行微诗的形式、诙谐的手法写写家里的物件，写写爱情，写写身边的其他，让忙碌的生活多一点诗意和快乐，少一点乏味和负累，是我撰写和整理这本诗集的主旨所在。其实生活中的快乐和诗意就在身边，要善于找乐和放松，不能太苦了自己。这里提到和要推荐的微诗，即微型诗，后面诗里将给大家穿插介绍，让您多一些了解。时下，是个快节奏的时代，"微"已成为一种生活，如微博、微信等，不妨再加点微诗，让微生活更丰富一点、更诗意一点。

　　至于本诗集名字里的"诙写"含义：一是借用"诙谐"的谐音；二是指用诙谐的手法来写。想法和愿望总是好的，但由于眼高手低，实则离真正意义上的诙谐有很大差距，惹得贻笑大方。（若您真的笑了，也算是给您带来了快乐，哈哈！脸皮真厚）。另，个别诗句纯属娱乐，请勿对号入座。

　　这本诗集是我对微诗的探索之作（包括微诗部分及用微诗一至三行的结构做小节尝试写的小诗和短诗部分），算是为大家抛砖引玉。因写作能力加上我对微诗理解有限，其中的不足，还请大家见谅！

　　在此向关心和支持我的朋友和老师表示衷心的感谢！！

刘和旭

2020年3月16日

目
Contents
录

诙谐体

【家情篇】

〔爱情篇〕

〔矫情篇〕

休闲体

三行情书

开个小菜园
种点笑
然后，拔苗助长

也探微诗

微诗是微型诗的简称，不超过三行，三十字为宜。其特点精短，或许可以更好地适应现代生活的快节奏。

如果将现代诗按长短分类，可分为：微诗、小诗、短诗、长诗。诗集里涉及相关内容，顺便提一下。

【家情篇】

微型诗并非现代诗的产物，中国古代就有，如上古歌谣中的二言诗《弹歌》："断竹，续竹／飞土，逐肉"，以及汉朝皇帝刘邦的《大风歌》："大风起兮云飞扬／威加海内兮归故乡／安得猛士兮守四方"等都可以看作是古代的微型诗。

相 机

只听"咔嚓"一声，世界就被

拍

扁了！

相 册

瞧瞧！被拍扁的世界

正躺在这里面的一张张床上

养伤呢

帽 子

头发住进新家

门外，耳朵
成了乞丐

钟 摆

按部就班

荡着秋千

有一种休闲叫工作

筷 子

爱情立起来

给天和地

画上了　等号

雨 伞

四个肩膀比高低

结果

一起赢下一片　晴空

自行车

左眼是前轮

右眼是后轮

眼珠一转，计（骑）上（到）心来

蜡 烛

点燃自己的心
祝福你生日快乐

却被一口吹灭

风 筝

好好牵着俺家的牛

生怕经过春天

啃了　蓝田里生长的云朵

车 轮

圆圈与直线比长短

路说：

我输了

帐 篷

做个窝，把自己变回动物

为何四条腿的快乐
比两条腿的多

钉 子

铮铮铁骨

无奈生锈了
才验出是真的

花 瓶

雪白的冬插上春天
眼看着在桌面枯萎成秋

夏呢？急得在窗外浇水

灯 泡

内心敞亮

世界也就
亮了

枕 头

一个窝
梦在里面下蛋
那是早点

牙 签

过程——挑拨离间

结局？

距离产生了美

书

看　一只蝴蝶
在我的心花上

翩翩

钢 琴

自从掌控了
黑道与白道
《命运》也由此改变了

开会了

老板问：都到齐了吗

嘬嘴骡 一声不吭

乌鸦嘴：嗯瑟！就两个员工

胶 囊

子弹上膛
向感冒开火

倒下的竟是我

酒

每一瓶都是一大支针剂
倒满酒杯开始给自己打针

一针　两针　三针 ……

手 表

小小课堂

三根教鞭，识数

乱吗？不乱！懂了吗？真懂了！

耳 机

耳朵的专职小蜜

音符

被嘴巴拐跑（调）了

碗

扣过来当天空

我在傻傻地
找星星

漏 勺

掌控它

我就不是

那个跟着喝汤的了

砂 锅

私人订制

专煲心灵鸡汤

老板，来一份北京烤鸭味的

空 调

里　应

外　合

却走漏了风声

诙谐体

针 线

高薪诚聘缝补能手

岗位：bug打补丁

两年以上防黑客经验者优先

纽 扣

俺是衣襟上的门卫，守护心扉

不好！有人搬来甜言
蜜语，准备砸门

电 影

你一眼　我一眼

他一眼

就把银幕看成了明星

电 话

为啥

人人喊"打"

莫非俺是老鼠它二舅

手 机

一方浴池
世界在里面泡澡
让眼珠子　搓背

电　脑

一只老鼠左右了全局

可最终

还在如来佛掌心里

打火机

故意让我生气上火

原来

被人耍了

烟 卷

咬牙想戒掉

结果，又被递过来的杠杆
撬开了嘴

烟灰缸

缸里腌的
不是泡菜
而是你自己

钢 笔

一肚子墨水

说的就是俺

不信？咱就纸上谈兵

书 桌

一块青草地
放牧着文字

夜晚，有人来薅羊毛

风 车

无证驾驶

超载的
童年

书 包

背来昨天

背回明天

今天呢？在黑板上晾着

橡 皮

学问知多少

擦掉这点少
剩下的是树上那"知了"

铃铛

是乐器吗？

是呀！小狗说

俺是专业演奏家

灯 笼

每逢节日里相见
总要喝个大红脸

风中晃悠着　说没醉

眼　镜

出嫁了

鼻子当毛驴，耳朵当丫鬟

好生伺候！喳

地 图

一颗心到另一颗心有多远

竟发现
要穿过长长的小肠和大肠

麻 将

口头上说"和了"

可还继续在心与心之间

垒墙

蚊 帐

这是笼子

蚊子说

瞧！里面是我今晚打的走兽

沙 发

一口井

一只青蛙

一片电视大的天

腰 带

度量？

肚

量！

鞋

鞋底才是俺的脸哟
每天跟老实巴交的泥土打交道
脸皮变得越来越薄

锄 头

大地的痒痒挠

只有认真一点

把地挠开心了　才有好收成

茶 壶

会友。倒
出黄河

悬在嘴边

镜 子

把自己导入

用美容工具　开始P图

然后在大街上　发表

盆 景

只挥动了一下衣袖
山川就变得如此袖珍

正好装进去，带走

红 包

"脸红什么？"

"替我家主人害羞呢！"

钱 包

主人说，里面装的是万能钥匙

可以打开人世间每个角落

手指头们都信了

梯 子

在欲望面前

举手

投降

名 片

一只钓钩，挂上名字作鱼饵

电话铃响起

有人咬钩了

西 装

革履　还有招摇的领带
都成了主角

上边那张脸　只是个配角

戒 指

世上最美的

圈套

诱捕　一颗心

相　片

往事的入口

心　可以进去

人　系在门外拴马桩上

相 框

一露脸

就成了

"囚"徒

【 爱情篇 】

也探微诗

独字诗，是微型诗的极致写作形式，
它的内容只有一个字。

爱 情

米

秘 密

假装　与你擦肩而过
当地面上的影子拥抱的那一刻
是我生来　最大的快乐

傻 鱼

你优雅地甩动长发像撒网

我渴望呀——被网住

成为你的菜

美人鱼

脑海也是海

自从游进你的身影

便进入了全天候禁渔期

学 习

你家窗户是一本书
我想打开——读你

然后，背诵！

晚 宴

夕阳把我烤熟了
风来闻了闻——
全烤思念的味道

弯 月

悄悄把唇放在天边

专等夜里

爬上你家窗台——亲你

答 卷

问太阳　问月亮

我选的爱之路是否正确

它们都将我和影子连成了对号

放 生

眼睛是锁孔，你就是那把钥匙
一下子把我打开啦
养了二十多年的心，飞了

燕 子

你在的地方就是春天

飞向你，做个候鸟

天天呢喃着小曲

抢 亲

以前我喜欢白天

现在更喜欢夜晚

可以做梦——娶你

白日梦

——你从梦中走出来
走到我身边——

拧一下自己的耳朵，痛！

小 鹿

撞　撞　撞

为何见到你我的心会撒欢

原来，是为找到同伴而手舞足蹈

眼 睛

我的眸子瞬间成了

你眸子的粉丝

只顾着欣赏，眼皮老忘记鼓掌

城 墙

说的是我的牙齿
困住了太多的甜言蜜语——
向你逃亡

尺 寸

相思有多长

夕阳在地上

把我的影子量了又量

境 界

为了提升爱的高度

爬上高高的山

然后，高喊"我爱你"

名 作

月亮是位大作家

拿我当笔，在沙滩上写诗

写出的美丽诗句竟是你的名字

出 书

情书也是书

决定写一封

当个让人羡慕的作家

失 眠

幸福是数出来的吗？

答：是

数着数着天就亮了

约 会

你住在俺的心里

多久了

今天来收房租

酒 量

用玫瑰花作酒杯，斟月光
你一杯我一杯

直到……全喝光

牵 手

紧紧地，紧紧地打个结

将两颗心拴在了一起

这边飞不了你，那边蹦不了我

供电站

牵手后，让我的心通上了电
从此告别了黑暗

眼睛亮了

吻（之一）

疯长的胡子是唇边水草

每天忙于收割

恐误了那只天鹅落脚

缘 分

月老用红线拴两只鱼钩

垂钓人间

就这么一甩，我俩便碰到了一起

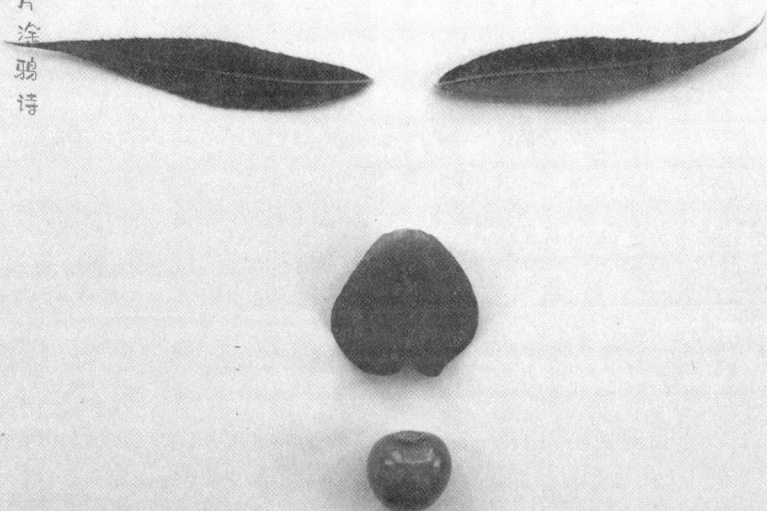

女 神

两条柳叶 一片花瓣 一只樱桃
拼你的芳容 左拼右拼
竟发现是个猫咪

农家宴

我是一间茅草屋

瞧，头发是屋顶

欢迎光临！这里土产纯朴和真诚

吻（之二）

你是前世情人写给我的情书
刚签收就急不可待打开"口"
读　心

吻（之三）

人生舞台　首次合作
一颗心打鼓
一颗心跳舞

佳 作

一排排海浪，一行行诗句

我俩坐在沙滩上

成了标题

小 别

几十个日子塞进你的行囊
每个都很重

真希望它能短斤少两

雨 季

思念深深，当心溺水！

一只旱鸭子
硬要学狗刨

思 念

狠狠地丢到一边

不思不念

桌上那只不倒翁　摇来晃去

专 一

指头也有脑

更记得——

她的手对它们的好

重 逢

月亮又圆了

你说是陷阱
我说是馅饼

拥 抱

像一本书　合上

暖一暖情节　再打开

让下一章的故事更温馨

星 星

那是心与心撞击后产生的火花

亲

咱来数一数

圆 月

将手指比画成一颗心
对着天空，把月亮装进去

瞧！心中的梦圆了

恋

上眼皮说：我爱你

下眼皮说：me too，于是就抱在了一起

开始做一个罗曼蒂克的梦

幸 福（之一）

挎着我的胳膊

你把我挎成了一只花篮

我的笑容是篮中灿烂的花

吻（之四）

啄木鸟

在捉

馋虫呢

甜 蜜

你是世上最大的糖果

抱着你

我可以吃一辈子

吻（之五）

心房连通了心房
咱们有了宽敞的　二居室

把眼睛睁开，这是窗户

词

我俩一高一矮

是写在天地间的长短句

让日月轮流　朗读

宠 物

在你的额头，养上我的吻

亲爱的

它专吃皱纹

白皮书

你的手心也是心
赶快写上自己的名字
告诉全世界：我的！

秋 千

越荡越高

一不小心，碰落了夕阳
溅了一身霞光

情 话

谈心 小溪边
溪水流淌成长长的情话
落瓣加个顿号 夕阳却要加个句号

马 车

背回双手拉起来
我当马，你当车

你的心是坐在车上的王后。驾！

城 堡

伞下是我俩共享的行宫。此刻
里面有两颗心：国王和王后

雨点纷纷前来跪拜——领赏

蜕 变

认识你之后

世界小了

我大了

射 日

我伸开的双臂似弓，腰身是箭

你抱紧用力拉
共同射落，最后一个太阳

春 天

阳光下。你别了一朵在胸前

笑着说：

"亲爱的，心开花了！"

幸 福（之二）

坐在青青草地上

我仰倒在你暖暖的怀里

看见了——白云正躺在天堂上

漫 步（之一）

迈动的双腿是剪刀

我俩一起学裁剪，裁眼前的小河

给远处的大山做条围脖

漫 步（之二）

路，一条静静的河

四只鞋子结伴泛轻舟

将快乐从上游运到了下游

蜜 蜂

亲！将你的拳头攥成花骨朵
再慢慢绽开，露出手"心"

我要将它酿成蜜

背 膀

要有力量，更要宽广
才可以背负起人生的梦想

第一步：先把媳妇背回家

洞 房

心房也是房，娶你进门要精装
用蓝天糊墙，用晚霞铺床
摘两颗星星，作烛光！

挺　进

我俩浩荡成一个队伍

向着人生征途　　开拔

一二一，保持步调一致

Home

你把纤柔的手

放到我宽大的手掌里

笑着说："它到家了！"

进化论

两只耳朵的外形合起来像颗心
说明了什么

你的话，我在用心听

幸 福（之三）

以老虎的形象面对艰难

而回到家就可以变成猫

"喵喵"

情人节

浪漫要的是一种仪式感

比如买束鲜花

再说声"I love you"

天 平

我的爱放左边，你的爱放右边

瞬间失衡

我，高高在上

感 动

此刻，我的心成了世上最大的
一滴泪，不过不是咸的

而是甜的，甜甜的

给 你 （之一）

用百年岁月层层包好
让日子一天天打开

里面是我的礼物：白头偕老

给 你（之二）

成不了参天大树　去遮风避雨

那就做一根称职的拐棍

让你撑住一生的平安

爱情那点事（组诗）

秋波

湿

情书

心

约会

泡

恋爱

粘

亲吻

长

拥抱

贴

吃醋

刺

誓言

画

相思

潮

携手

从

婚姻

归

幸福

感

（注：这是独字诗的组诗形式。尝试将组诗应用于独字诗，想以此来丰富和完善独字诗在内容上的一些不足。）

【矫情篇】

独句诗，也叫"一句诗"，即整首诗的内容只有一句话。又因只占一行，可以称为"一行诗"。它也属于微型诗。

人 生

心儿学走路的过程

拾 说（组诗）

泪水说

汗水也是咸的

铅笔说

心黑是有道理的

水杯说

吻我并不一定爱我

相册说

只有过去看不到将来

玫瑰说

我本身就是一封情书

石头说

撞鸡蛋不是俺的强项

拐杖说

今三分天下垂手而得

火柴说

有了摩擦才会红呀

牙膏说

出路是挤出来的

手机说

别整天瞎指点

诗

站起来的

文

字

梅 花

怀春了!

不料还没到达春天
就早产在满是冰雪的路上

探 春

脚步轻　轻
侧耳聆听

小草的鼾声

迎春花

把春天串成　串
让眼睛大口　撸

尝鲜

踏 春

踩住鲜嫩的阳光

喂自己的影子——

我的宠物　很贪吃

春 雨

给花骨朵喂奶

快快长啊

唐诗宋词迎亲的轿子　已到门口

小 草

我的叶子是头朝下的"人"字
看明白了吗？那是一对翅膀！
面向大地才能飞翔

樱 花

飘来了　鳞片

将我装扮为鱼

把一条路　游成时光

窗台上的绿萝

总在努力地生——长
高举着心形叶子。照耀的
太阳，变成了它的花朵

凌霄花

爬上墙头
装几只喇叭
现场直播：红杏出墙

图片涂鸦诗

风

一架马车　疾驰而来
这回卸下的是春

鞭子一响　哒哒而去拉夏了

夏

树，用力挥动着风

唤　雨

回家

夏日即景

拳击赛进行中

荷花握紧拳头，猛力一记直拳
夕阳倒下，数到10后也没起来……

蝉 鸣

一棵树一杯酒
一仰脖

干

树

抓一把春光

攥到了秋

松手　竟落了一地金子

落 叶

一笔

一笔

画出 秋

叶 恋

我看到两片落叶拥在一起
一片像"手"捂着一片"心"

黄昏　有风

露　珠

来！跟我学

让眼睛　晶莹地看世界

然后　嫁给阳光

水

每一滴
都是一颗心——

包容　世界

年 轮

每年都在悄悄地测绘
自己扩张的版图

树，是个爱侵略的帝王

竹 子

天天讲究细节

一推敲

却是　空的

看 海

在一垄垄波涛上

栽种心情

即刻开出了　浪花

看日出

心掉到大海里了
于是一大早来捞

捞起来啦——快瞧!

太 阳

给劳动者颁发的奖牌

金灿灿的。挂在头顶

每天晃悠，就是够不着

鸟 窝

夕阳喝红了脸

又来抢树抱着的　一坛酒

客官　三碗不过冈

拱 桥

小河竖着　耳朵
想继续偷听

一对恋人远去的　呢喃

山

发芽的梦
把云当土

拱

乡 路

长长的缰绳哟

可否把山村牵出来
遛遛

暮 归

牛背似的山峦

夕阳骑上

将我　吹响

小 溪

馋！于是用双腿当筷子

夹

一根长长的拉面

田 野

用脚掌

一步一步

捂成了 热土

湖

日月轮流坐镇，白云巡逻

却还是被点水的蜻蜓
捅破了天

井

伸到地下的　手臂
掏
出一窝清澈的岁月

送 行

求学之路，长长的似线
远去的身影是针

在地平线上，给前程绣朵朝阳

佳 节

故乡　是大地的心脏

我只是一滴血

回流在长长的归途中

情

老屋是父母身边的宠物
我每次归来　它都高兴地
将尾巴　摇成了炊烟

老 屋

父亲用驼背　撑着
怕撑不住
又加了根拐棍

泪 珠

一朵浪花开了

凋谢成
海

薄 礼

谅我一贫如洗

无以报答

两滴泪珠　请笑纳

心

一只蛋，落入卵石间
碎了！碎成孤独的眼

遥望天空——展翅的大雁

闷

——不只是析字

心！被锁在门里

有人指点：

从屋顶的烟囱爬出去

坚 强

我不能倒下

即使哭泣　也要让泪水

站着

乐 观

跳起来　顿一顿

让心胸瓷实些

以便装得下更多霜雪

底 气

知道为啥我敢拍着胸脯说话吗

因为这里装着故乡

做靠山

汗 滴

一只晶莹的蛋　落在绿叶上

破壳　将叶子展成翅膀

阳光下　学飞

后 背

一片海　立起来

让脊柱

腾飞成　龙

在路上

我是脚下影子的帆

加速航行。风起

山，巨浪般打过来……

伞　下

踏平风雨

留给世界两只脚

就够了

凛冽

挺直腰杆　当刀
试试快不快

我把吹来的风雪　切成了两半

远 方

当你到达的时候

就成了　诗

多个远方过后，就是本诗集

时 光

一杯茶　端出了波浪

那就先看升腾的海　慢慢品

再欣赏杯底　春色盎然的山川

岁 月

黑发慢慢燃烧成　白色灰烬

埋在下面的脑瓜
就这样，烤熟了

雪 中

面对沧桑的容颜

雪花们争先恐后亲我的脸

都想把我变得水灵一点

高楼大厦

伸向天空的手指

指责阳光 ——

分配不公

墓　碑

路

标

指向天堂

翅 膀

擅长使用　两片大刀
每只鸟都是一个武林高手
时而凌空　挑战江湖

瀑 布

垂

涎

三尺，因为你的到来

古 街

地面磨凹的石板是一只只碗

盛满日月的醇香

让慕名来的脚步 一醉方休

纤 夫

把长江黄河拉成琴弦

一把中国最大的二胡

奏响的号子　竟穿透了历史

每天记得给心情放个假
哪怕是
一个笑的长度

多一点幽默、多一点浪漫、多一点轻
松，让诗休闲起来；让生活诗意起来。
在这快节奏的时代，忙中偷闲，给心情
放个假，优哉游哉一下，享受无羁的精
神旅行……

本辑名为"休闲体"和前一辑的"诙谐
体"并非真正意义上的诗体，只是想作
为一种写作手法和创作意愿。下面的诗
可以概括为两类：一类是微型诗的组
诗；另一类是应用微型诗一至三行的架
构做小节，创作的小诗和短诗，而这能
否让现代诗的结构变得简练易读且丰富
多彩，在此进行了探索和尝试。

也探微诗

骑上蚂蚁旅行去

雇只蚂蚁当座驾
咱旅行去
不求速度，但为散心

趴在蚂蚁背上
看到的全是高山峻岭
把住啦——

坐在蚂蚁背上
欣赏的尽为湖光水色
看好喽——

这是蚂蚁王国
小世界大心境

渴了？饮甘露
饿了？吃坚果
困了？睡绿叶

要的就是纯天然

哈哈！这里没有堵车的烦恼

可以尽情畅游

走啊走，无论走到哪里

只要高兴

最美的风景是心情

雇只蚂蚁当座驾

咱旅行去

不求速度，只求稳

为啥？

底盘低呀！

蜗 牛

俺的节奏俺做主
急板　中板　行板　慢板
俺是歌的庄板

优哉优哉
游哉游哉
没有最慢只有更慢

嘿嘿
俺是牛的家族
能不牛吗

开起房车
唱起来
有哉有哉

俺的节奏俺做主
不管你们鼓不鼓掌
反正俺自己欣赏

一朵书房

一朵盛开的花作书房
我，在花瓣上写诗

蘸着馨香
写一首红红的抒情诗

阳光啊酶亮，扯两米当意象
截长短，排成行
只是，缺了个诗眼

正在苦思冥想，蝴蝶来了
让我在它的翅膀上签名
哈哈！我的第一个粉丝

蜜蜂也来了

请我品尝它自家酿的蜜

哈哈！我的第二个粉丝

这时，周围一阵雀跃

哈哈！我的太多粉丝

美呀美，美得睡着了

清晨醒来，忽然发现

花瓣上挂着一颗大大的露珠

哈哈！诗眼

（注：诗中"齁（hōu）"的意

思为非常、很，方言。源自"大海啊

齁咸"。）

快乐的蚂蚁

（一）

咬文——嚼字
竟把骨感的诗
啃出精髓

（二）

拿绿叶当笔
一路狂草
幸好穴口给画了个句号

（三）

捡一片花瓣作枕头
梦到了粉红色的诗
还带香味

（四）

把墨水穿在身上
做一个个有学问的汉字
瞬间　排成了诗行

爬 山

（一）

是为了抱抱大山

抱抱

大自然

（二）

我与山谁高

脚说：

俺来量

（三）

站在山顶　展开双臂

让心飞一会

驮着蓝天白云

海

在沙滩上

先画一张嘴巴
开始尝海鲜（久违了）
品一锅　琼浆玉液（咸味的）

接着画上一双眼睛
吃饱了喝足了
看日出　这可是旷世名作啊（必需的）

最后画上两只耳朵
听天籁之音（真的不是靡靡之音哦）
博大　这洗涤心窝子的交响乐

亲
醉啦
走不了了

春天的介绍信

心仪的姑娘

你好

兹有我和燕声前来约你

一同参加赏花事宜

（太阳已在蓝天上盖了章）

望接洽为盼

此致

敬礼

春天有缘集团

即年即月即日

步 曲

以最柔美的姿点
你把路走成了　琴弦

有韵地　拨动
一首曼妙的春天

跳荡着　我的心呀
瞬间化成了　玫瑰色的音符

飘远　飘远　再飘远
一直飘到　梦里面

动人地　你走过
多希望脚步能慢一点
慢一点儿　弹

响 马

风
你去通个信

就说她美丽的身影
已被本大王掳上心山了
让她赶紧来赎

否则俺就与她的影子
在梦里拜堂
压寨夫人可不好当

听明白了吗
快去

情 书（之一）

雨点
在水面上写情书
画一个个"0"表达着爱意

原来
湖边打伞走过的姑娘
是个"1"

情 书（之二）

一行行
一行行文字
澎湃着

澎湃成海浪
向着岸
奔涌

期待着
期待岸能伸出手臂
像沙滩

捧着海
认真地
读

情 书（之三）

用皑皑冰雪当信封
我把自己的心装进去

姑娘啊
你收到后
一定尽快打开

掏出里面的太阳
否则
这世界就没了　阳光

话说爱情

（一）

心与心碰撞

发生了　故事

（二）

心与心碰撞

发生了　事故

（三）

心与心碰撞

又来了　duang！

心 曲

一把吉他

一把孤傲的吉他

自从被目光拨动了心弦

我承认

你是世上唯一可以演奏我的人

今夜

月亮包场

让我静静地等

等你款款而来

将我

弹——响

手指芭蕾

用我的掌心作舞池

任你的玉指　翩翩起舞

跳一支经典的"天鹅湖"

美呀　美呀

我的手指成了

铁杆的粉丝

好啊　好啊

再来一曲

指甲尖尖俏舞鞋

痒我的心

臣服　臣服

试 验

把一种爱，放入醋中
随即被氧化成
一种叫作恨的化合物

接着
向这种化合物里
添加一点蜜

结果惊奇地发现
它又被还原成先前的
那种爱

于是，科学家把这种现象
定义为——
爱情

影 子

让我成为你的影子
如果太阳愿意
我就跟在你的身后

让我成为你的影子
如果月亮愿意
我就转到你的身前

如果可以
我还要将影子拉伸成夜色
伴你上下，伴你左右

然后
静静地听
不够

默默地看
不够

轻轻地闻

不够

不够不够……

让我成为你的影子

想弱弱地问一声：

如果你愿意

醉 话

上嘴唇　霞光万千
下嘴唇　灯火千万

你呀　是醉人的酒

上嘴唇　亲天
下嘴唇　亲地
合起来　亲你

树上那点事

蝉大哥帮帮忙
牛妹也想脱壳当歌星
趁黑上来了……

魔 盒

用浪漫故事
先偷偷把你装进去
接着把我也装进去

摇，再摇
晃，再晃

然后倒出来
晕了的美丽公主
竟牵了灰小子的手

于是
走进了童话

幸福的河流

日子，本是一张张空白的纸
却写满了我俩生活的
点点滴滴

记忆，将它们一页页装订起来
猛然发现，这是一本
厚厚的爱情故事

每次翻动
总会，总会流淌出
一条幸福的河流

中秋赏月

你

打扮得　又白又亮

勾引了多少目光

我

的眸子　看好你了

今夜做个"情"人

等你来——亲！

无 题（之一）

（一）

房子说：

不论人有多牛

由我控制

（二）

门说：

不论房子有多牛

由我控制

（三）

锁说：

不论门有多牛

由我控制

（四）

钥匙说：
不论锁有多牛
由我控制

（五）

他说：
都别吹牛了
钥匙在我手里，回家了！

水果笑弹

苹果

初恋，是什么味道
立马切开
小口尝

香蕉

分"手"，是什么滋味
来！分一个
大口尝

橘子

心都碎了
扒出来给你看看
有多少块吧

樱桃

打着"灯笼"
也难找的美人儿
竟是自己

葡萄

红得发紫
把自己陶醉了
结果成了酒

西瓜

只能剖腹产了
你猜，生了个啥？
朝阳！

也侃文学体裁

（一）

嘘！"小"声"说"话
别惊扰了古人
正睡着呐

（二）

"散"落了一地的"文"字
快找个扫把
收起来，生火

（三）

大"师兄（哥）"
白骨精有请柬给你
定于下周与师父成亲

（四）

"戏"说、大话都out了
历史"居"然可以加水煮
瞧！菜上来了——水煮娱（鱼）片

也聊三大球

篮球

勇敢地　把梦想投进去
结果
圈套变成了光环

足球

脚　实在太臭啦
终将"乌龙"娶回了家
用雨水替你洗一辈子

排球

高高腾起　伸展双臂像超人
拦截了一颗流星
撞地球

四 季

春

被窝里
山川，那头
我，这头

夏

阳光来收购汗水
以滴论价
有人躲进空调，就是不卖

秋

顽皮的风
把我的衣角当书本
想翻动今天新加的"课文"

冬

冰箱除霜

刮得——纷纷扬扬

门外有喊："下雪了！"

童年·禽趣

母鸡

抟，抟，抟
忙着将泥土抟成一个蛋
被一个叫"哥哥大"的孩子拿走了

鸭子

狗不撵我撵
而学习成绩
始终不见"呱呱叫"

白鹅

最爱显摆的就是它了
常扇动那对肥大无用的翅膀
还炫耀地叫两声

公鸡

窗户是那时的手机
听！清早那天然的闹铃 ——
喔喔喔

童年·陀螺

其一

一鞭子就打回了原形
原来，我的童年是一只
钻地老鼠

其二

鞭子一样长的句子
让一口气读完
晕呀

其三

不敢啦，不敢啦
再也不逃学了
俺的屁屁都给打肿了，呜呜！

其四

切一个山头

倒过来

用鞭子赶着——回家

童年·夏蝉

其一

抱棵大树当火柴

拼命喊个伴

一起　点太阳

其二

给成排的树装上笛孔

太阳来了

奏乐——

其三

大地有多热

树插了根温度计

一个度数爬上来　拉响警报

其四

脱在树杈上的外衣不见了

回家怎么交代呀

呜—— 呜——

乡 愁

其一

一根香烟 成了回家的路
归去的心 点燃那端的故乡
我缓缓抽出了 炊烟

其二

将老家村前泥泞的路
截成诗行，赶上面快活的青蛙
"扑通"一声，跳进诗眼！

其三

童年 终于爬上了树冠
好高呀 第一次在云朵里
看到了 故乡

乌 云

其一

戴上一顶黑礼帽

闪电开始跳

正宗的　霹雳舞

其二

大笔加狂草

一挥

写黑天下

其三

把阳光打包

晚上跟月亮星星哥们儿

下酒

休闲体
249

其四

太阳掉水缸里啦!

怎么办? 司马光

"轰隆"一声，缸被砸裂了⋯⋯

雾

其一

我读过的最牛的

朦胧诗

竟朦胧了太阳

其二

落入仙境，终于明白

这是仙人

保护隐私的方法

其三

山，成了美味的大包子

在笼屉里——蒸着

等吧！高速路口车排起长龙

其四

像一场迷局

我把自己当钥匙钻进去

结果，断在了里面

大 海

海滩

留下的脚印

是我写给大海的情书

怕收不到　坐着等　潮涨

海鸥

在天空飞翔

我用拉长的目光

量一量与梦想的距离

海岛

远远的　像个龟背

有朵云立在上面

体验八仙过海

礁石

海浪，骨头
啃
咬

渔船

穿只大鞋　奔波海洋
汗水滴成潮水
涨——涨——归

船锚

与海岸握手言和
让麾下的风浪
退兵

海风

也是一种海鲜

绝对新鲜且免费

我饱餐一顿，临走还赠了两口袋

港湾

漂

泊

大海的家

无 语

其一

刀背对刀刃说:

你呀

太不厚道了

其二

酒杯对茶杯说:

多亏我没耳朵

不会听信他的醉话

其三

脚对鞋说:

你给的房子一点也不大气

俺要住别墅

其四

花对太阳说：

知道吗

我是蜜蜂和蝴蝶捧红的

其五

铁锤对石头说：

只有粉身碎骨

才能碰撞出爱情的火花

其六

小溪对大海说：

你就会兴风作浪

难道不明白静以致远

其七

叶子对根说：

离天堂越近越冷

还是下地狱吧　暖和

其八

湖对山说：

你是在给俺点赞吗

为何俺的眼里你拇指是朝下的

其九

锅底对炉火说：

你的心是黑的

瞧瞧俺被熏陶的样子就明白了

其十

手对伞说：

抓你把柄

是为了让你与我共享一片天空

其十一

钥匙对锁说：

我太难了！为了你"开"心

竟要钻到你肚子里

其十二

纸对笔说：

你玷污了俺清白的身子

为啥污点还成了墨宝

无 题（之二）

偏偏你是氯

偏偏我是钠

硬给结合了

合成　一块大大的食盐

于是

腌出了　咸咸的生活

"我爱你"三个字有更好的组合吗

有

那就是"你爱我"

用三行字来表达你的爱，这便是三行情书，往往以某事物为主题，要求在六十字以内、排列成三行的诗歌形式。从结构上看，三行情书也是微诗的一种。

大家下面读到的是三行情书的组诗形式，以组诗来丰富三行情书的内容和情节，也算是一次尝试，可以说是继承和发扬，也可以说是不伦和不类，哈哈，快乐就好！

三行情书·最

（一）

你的眸子
是我见过最美的星球
我强烈请求移民

（二）

你的手指
是我见过最妙的琴弦
我想弹高山流水

（三）

你的长发
是我见过最黑的山路
我的目光崴了脚

（四）

你的背影

是我见过最靓的画作

我认真临摹在心

（五）

夜色乃世上最大的信封

我把自己装进去

女神！这有你的情书

三行情书·心

（一）

因为爱你

我把天空装进心里

送你满天彩霞做梦的衣裳

（二）

因为爱你

我把大海装进心里

那是为你定制的专属泳池

（三）

因为爱你

我把青山装进心里

这是为你布置的窗外风景

（四）

因为爱你

我把草原装进心里

给你一片放歌的绿色牧场

（五）

因为爱你

我把你装进心里

让你尽情享受我为你准备的天地

三行情书·赴约

（一）

原来，之所以长有眼睛
就是为了
每天能看到你的身影

（二）

之所以长有耳朵
就是为了
每天能听到你的声音

（三）

之所以长有嘴巴
就是为了
要亲口说那三个字

（四）

之所以长有手臂

就是为了

打开心胸拥你入怀

（五）

如此，之所以长有双腿

就是为了

今日准时去赴约

三行情书·约会

（一）

悦耳的话语，更像音符
从你的唇间跳动而出
好听！好听！好好听！

（二）

一个个填入阳光的五线谱
和奏乐的溪水
构成了美妙的春曲

（三）

我醉了的耳呀
醒醒，快醒醒
要留住这天籁佳音

（四）

我乱跳的心呀

是在伴奏吗

能否专业一点

（五）

我哑了的嘴啊

该上场啦，请"唱"两句

酝酿了几个世纪的心语

三行情书·初恋

（一）

爱情是只苹果
对不起！只能两人分享
你一半，我一半

（二）

吃到嘴里
于是有了
红红的面颊

（三）

咽到肚里
于是有了
狂跳的心

（四）

酸吗

有点

那是在吃醋

（五）

甜吗

真甜

那是在喝蜜

荷 花

婚装已穿好
就等蜻蜓哥
开着飞机来接俺了

图片涂鸦语

三行情书·小宇宙

（一）

我俩的眼睛是星球

四颗眸子

构成了我们的小宇宙

（二）

我做地球

你做太阳

让我好好沐浴你的温暖

（三）

我做地球

你做月亮

让我好好欣赏你的皎洁

（四）

每天睁开眼，开始了运转
白眼球是迎来的白昼
黑眼球是美丽的夜晚

（五）

亲爱的，看！
我把汗珠洒落成流星
晶莹划过　我们的时空

三行情书·娶你

（一）

认识你

让我

遇上了明媚的春天

（二）

牵手你

让我

摘下了皎洁的月亮

（三）

亲吻你

让我

变成了澎湃的大海

（四）

抱着你

让我

拥有了富饶的青山

（五）

娶了你

啊哈！让我

赢得了整个的世界

三行情书·冰雪

（一）

凛冽的风

把我俩的手冻得通红

红红的像颗心

（二）

伸出这红红的心彼此拉一把

在冰滑的雪地

让日子站直了，别趴下

（三）

别趴下！勇敢地面对苍凉

你一撇我一捺

世界有了个支撑与共的"人"字

（四）

冻僵的是湖泊

流动的是江河是血液

还有最深的爱

（五）

要问我们的爱有多深

就让雪后的阳光

来丈量身后那厚厚的脚印

三行情书·爱你

（一）

爱你

不是喝酒

喝尽就空了

（二）

爱你

不是抽烟

抽完就揿灭

（三）

爱你

是血液

红红火火每个昼夜

（四）

爱你

是骨骼

支撑着岁月

（五）

爱你

是呼吸

有了你，今生今世我是活的

三行情书·幸福

（一）

有幸

与你相遇

是我一生最大的福分

（二）

感谢上天

更让我们结伴同行

你是我的我是你的风景

（三）

有一种风景叫爱

点点滴滴

汇集成了大海

（四）

有一座海叫幸福
时不时在心中荡漾
一层又一层快乐的波浪

（五）

这是力量，是诗和远方

携手前行，长长的路是琴弦
就用双脚从容地弹奏风声雨声

月 亮

那　是　瓶　塞
　　　　拧　开
把　梦　倒　出　来

图书在版编目（CIP）数据

诙写家族 / 刘和旭著. -- 武汉 ：长江文艺出版社，
2021.9
　　ISBN 978-7-5702-2291-9

　　Ⅰ. ①诙… Ⅱ. ①刘… Ⅲ. ①诗集－中国－当代
Ⅳ. ①I227

中国版本图书馆 CIP 数据核字（2021）第 136832 号

诙写家族
HUIXIE JIAZU

责任编辑：胡　璇　　　　　　　责任校对：毛　娟
装帧设计：壹道四方　　　　　　责任印制：邱　莉　　王光兴

出版： 长江出版传媒　 长江文艺出版社
地址： 武汉市雄楚大街 268 号　　　邮编：430070
发行： 长江文艺出版社
http://www.cjlap.com
印刷： 武汉市籍缘印刷厂

开本：880 毫米×1230 毫米　　1/32　　印张：9.625　　插页：2 页
版次：2021 年 9 月第 1 版　　　　2021 年 9 月第 1 次印刷

定价：58.00 元

版权所有，盗版必究（举报电话：027—87679308　　87679310）
（图书出现印装问题，本社负责调换）